A mis hijas.

PRIMERA PARTE

Las manos le transpiraban. La punta de los dedos y sus orejas, le latían aceleradamente. Sus ojos apenas captaban la luz, todo era oscuridad, salvo por ese túnel de color que le permitían sus pupilas.

Las manos le transpiraban y hasta el pelo le picaba. Sus pulmones ocupaban más espacio del que debían, y presionaban.

Ya habían pasado dos horas y no soportaría por mucho más tiempo. Sus piernas habían pasado de chapotear en agua al limo: imposible seguir moviéndolas.

La picazón se convirtió en ardor. Fue en ese momento que notó la temperatura, debía tener la cara enrojecida, inflamada; Se rasó con pasión; Pasó sus dedos por el nido de pelos de su cabeza y sintió una brisa refrescante.

No fue suficiente. Los colores se desvanecieron; los dedos palpitaban y creyó que se hinchaban hasta el infinito, a punto de estallar; exhaló un chorro de aire interminable; las rodillas se quebraron, su cerebro dijo basta y se derrumbó en medio de la sala.

Cuando recobró la visión una señora gorda de blanco lo abanicaba enérgicamente con un trapo. El grasiento ventilador con forma humana sonreía involuntariamente. Una reacción automática para escudar su estupidez. Los ojos abiertos se perdían entre la carne y la grasa de su cabeza; la boca le ocupaba casi la mitad de la cabeza, decía algo. Él no estaba seguro si el movimiento del trapo lo traía de vuelta o era el olor que salía de esa boca rancia.

– ¿Ya? – Dijo él; una pregunta afirmativa buscando el final del pútrido tormento.

– No hable uste'. Respire. Reúna fuerzas – Le decía mientras no paraba de abanicar; y hablar.

– Pero… ¿Ya? Necesito saberlo. – El hedor sería inevitable. Por lo menos intentaría compensarlo con la información que lo había llevado al desmayo.

– Lo que uste' necesita es calmarse. Mire, tómese esto que le preparado... – Pasó el líquido sin objetar, de la misma forma que prefirió no renegar de la sintaxis de la abanicadora.

Los preparados eran comunes y servían para tratar cualquier cosa; la química de sus mezclas era saber popular, transmitido de boca en boca y con comunicados oficiales que se repetían cuatro veces al día en la televisión, o seis o nueve si la propuesta fórmula había causado más daño que alivio. Estaban hechos de lo que fuese; ingredientes caseros los que mutaban en sus propiedades dependiendo de las necesidades (o carencias) del momento;

Quedó en un rincón de la sala mientras trataba de recuperase; la gorda se había ido pero no los síntomas; la picazón; las pulsaciones; la presión le volvían a dar caza. La espera y la falta de comunicación pero mas las condiciones insalubres del lugar podían doblegar a cualquiera y aún más a cualquiera lo suficientemente viejo (poco común en estos tiempos) que aún recordara lo que eran los virus y gérmenes. Su hijo estaba por nacer y él no podía soportar la incertidumbre de no saber si esas bestias, simulaciones de otrora doctores y enfermeros durante, estaban causando más daño del que un bebé pudiera padecer antes de rendirse.

– ¿Es el primero? – La pregunta le llegó casi entre sueños – ¿Es su primer hijo? – Volvió a interrogarlo – Sabe... se le nota... a que es mujer... los lunes solo nacen mujeres, yo de eso se mucho, además se le ve a usted en el anular, es muy grueso para ser varón, si fuese... – Disparó una vieja con demasiadas cirugías estéticas.

– No, no es el primero – Lo interrumpió disgustado. Se notaba en su boca, en sus cejas – Hemos tenido dos antes... pero... – Se interrumpió, miró sus pies, sus manos, estiró los dedos, quiso agarrar algo pero no pudo – ...nacieron muertos, o murieron al nacer, da igual ¿No le parece? – A él no le parecía pero no pretendía explicarse; no a ese himno a la ignorancia de grampas y colgajos de carne; no ahora.

– No se preocupe, que este va a salir bien, además, siempre se puede pedir uno nuevo, se lo ve joven. – Si hubiera tenido fuerzas hubiese vomitado el asco que esas palabras le producían; pero ni siquiera eso habría sido suficiente para que la vieja entendiera.

Mismo asco que le causaban todos los que solucionaban los pesares de los demás con hipocresía y desinterés pero creyendo que compartían el dolor del otro al recitar frases vacías impresas con falsos sonidos de esperanza; Que olvidarían al siguiente instante. Hubiese expulsado tantos jugos sobre tantos adefesios intelectuales que no hubiese podido digerir alimentos nunca más.

– Además, usted debe canalizar para que sea favorecido ¿Canalizó? ¡Concéntrese! ¡Pida! – Dijo aumentando la desagradable apuesta.

– Después del segundo dejé de hacerlo… no creo que… – Prefirió no completar la frase. Un poco porque sabría la respuesta, un poco porque no sabía si él estaba seguro de que fuese verdad y su pérdida de fé había sido el motivo su desgracia.

– ¡Deje, yo pediré por uste'! – Cerró los ojos y extendió los brazos hacia el aire, con las palmas hacia adelante seguido de un ronroneo rítmico. El cerró los ojos por empatía automática y se dejó atrapar por una somnolencia gratificadora.

Estaba cruzando esa línea que separa la realidad de los sueños cuando un sonoro empujón lo trajo de vuelta – … va a ser? –

– ¿Disculpe? – Balbuceó.

– ¡Si ya sabe que va a ser! ¿Ya consultó? – Preguntó con interés egoísta; para saciar el morbo, comparar y ganar.

– Sí… operador – Soltó con cierta resignación.

– ¡Ah! Operador… – Arrastrando la última sílaba; ganando tiempo mientras buscaba en el escalafón laboral algún puesto que la pusiese en ventaja – ¡Ah! Tengo un sobrino que es operador de primera. – Una sonrisa de soberbia se asomaba: mentía.

El calló, corrió la mirada y prefirió dejar de hablar. Su interlocutora comprendió que no había más que decir. Era mejor así. Mentir no se le daba bien, más no porque fuera moneda corriente sino por carencia imaginativa e impericia para sostener confabulaciones en el tiempo. Prefería imaginar a ese sobrino dirigiendo un puñado de simples operadores de segunda y tercer categoría; teniendo que usar las raciones del almuerzo en sus dependencias; comerlas frías durante los cinco minutos del "receso del alimento", mientras que su sobrino gozaba de un plato de sopa caliente cocinado en la megafábrica por cocineros de segunda y hasta de primera.

El sopor se mantenía flotando en su cabeza. Solo atinaba a revolear los ojos buscando las agujas del reloj; podría asegurar que ese monstruo jugaba con él diabólicamente; torciendo el tiempo; moviendo las agujas con lentitud agónica. Algún embrujo había hecho que el mundo a su alrededor se hiciera eterno. Los sonidos no llegaban a sus oídos una vez más.

La espera era insostenible. Ya no quería estar allí esperando; cualquier otro lugar hubiese sido mejor: incluso en su puesto en la megafábrica. Hubiera dado no solo el día de salario por su ausencia si no toda la semana a cambio de no tener que esperar; a cambio de que ya hubiesen pasado muchos años y se encontrara con su hijo en un bar; conversar sobre el presente y darse cuenta que todo era perfecto; que las enfermedades no habían acabado con su vida ni con la de su hijo; que no había sufrido más dolor de lo que una vida casual e inverosímil pudiese provocar. Necesitaba no volver a vivir lo vivido; los sufrido; necesitaba que todo terminara ahora.

Inhaló profundamente y se paró; tambaleó un poco; se sostuvo en el respaldar del asiento y emprendió su huida. Las amplias puertas de salida lo llamaban. Llegó al portal y el aire enrarecido lo invadió; mezcla de fritura, carbón y tierra. Aire al que estaban todos acostumbrados y del que todos se olvidaban rápidamente.

Cuando pensó que ya se había liberado; concretado el plan para salvaguardar su cordura; una mano pesada en su hombro lo ancló. – ¡Venga, ya es momento! – El olor era inconfundible, penetraba la atmósfera rancia y la hacía aún más nauseabunda.

– Sí – Respondió el entre aliviado y dubitativo.

– Venga… que lo esperan – Lo tomó del brazo con fuerzas. No era más que un ratón en las garras de un águila.

Detrás del vidrio un embutido de trapos en calma dejaba asomar una pequeña cara durmiente. – ¿Está todo bien? – Le preguntó a su guardián.

– Sí, uste' no se preocupe, todo fue bien. Si uste' le pidió, entonces seguro que todo fue bien. – Lo escudriñó – Y uste' ya se ve bien, le funcionó el preparado parece – Parecía.

Ya no se le acotaba la visión; no sentía su pulso embotellando las venas; el ruido no lo aturdía; las piernas no flaqueaban – Seguramente el preparado me ha hecho efecto, justo a tiempo – Se convenció.

Las megafábricas (con ayuda de los estados) gestionaban la oferta y demanda de puestos de trabajo y sus categorías; Los operadores y curadores habían mantenido una demanda constante durante los últimos diez años. A veces, para reciclar puestos, las megafábricas cambiaban el nombre de un puesto dejando cientos de miles de trabajadores en la calle. Así el puesto de "maquinista" se convertía en "administrador mecanizado" para luego transformarse en "gestor de mecanismos". Luego de cinco o diez reciclados el puesto volvía a tener su primer nombre. Algo irrelevante (y motivo de tal acción) ya que los viejos trabajadores habrían muerto ya después del tercer o cuarto reciclado. Como fuese, los puestos eran ocupado una vez más y sin contratiempos por una nueva camada de trabajadores jóvenes y enérgicos; colmados de esperanzas e ilusión; esa ilusión que solo el que ignora lo que el destino amargamente ya decidió.

Todo recién nacido participaba de la lotería general. Esta se anunciaba por televisión ocupando cada señal. En las megafábricas omnipresentes parlantes tomaban la responsabilidad. No se permitían distracciones durante el trabajo y los televisores habían sido prohibidos tanto tiempo atrás que ya nadie cuestionaba sus ausencias.

Debido a la exultante taza de natalidad los puestos eran asignados en masa; agrupando los puestos en el número del día y los minutos del recién nacido. De esta forma, los nacidos el día veintidós desde las ocho hasta las ocho y cuarto serían "gestores mecánicos"; desde las ocho y cuarto y un segundo hasta las nueve, "contador de insumos"; los rangos siempre eran dispares y se habían formado diferentes teorías para explicarlos; algunas se repetían, otras tenían pequeñas variantes y otras eran simplemente carentes de imaginación; en cualquier caso todos los recién nacidos obtenían un puesto.

Esta asignación en apariencia aleatoria no impedía la existencia de un mercado clandestino de puestos. Algunos se limitaban al trueque, intercambiando los papeles de sus hijos que hubiesen sido asignados a un puesto particular por los de otro que veía con mejores ojos el puesto en cuestión; otros hacían complicados cálculos que definían el valor de un puesto específico (generalmente el que ellos tenían) por sobre otro (el que ellos querían) exigiendo un pago extra junto con el intercambio; algunos (con más suerte o más sacrificio) podían comprar el puesto sobornando algún funcionario del estado. Como fuere, con los puestos asignados el futuro trabajador quedaba al amparo del estado y la megafábrica que lo incorporaría asegurando así un retorno de lo invertido en la educación del ciudadano.

Cada estado, por medio de sus gobiernos, con el tiempo había adoptado la práctica de beneficiar con recursos a zonas y, en especial, a las escuelas-taller con la visión suficiente para ajustar, con mayor acierto, sus planes de capacitación en la medida que concordaran con las proyecciones económicas oficiales.

Una proyección nacía de las necesidades futuras de una megafábrica o un conjunto de ellas desde el mando corporativo centralizado. Una megafábrica, cuando producía una nueva proyección la publicaba en el boletín de la "bolsa de bienestar social y económico" y de allí transmitida de forma automática a los entes del estado asociado.

– ¡Una megafábrica es vital para la economía de nuestro país, de nuestro pueblo! – Declaraba a viva voz Morallén.

– ¿Ves? … ¿Ves? Ahí es donde trabajarás, tu futuro está allí. Es como dice nuestro dirigente. – Señalaba con histeria la vieja televisión de tubo mientras equilibraba en su regazo a Luhas.

– ¡Abrir las puertas a esta megafábrica es abrirnos al porvenir. No nos dejemos engañar por los enemigos del progreso, del bienestar. Aquellos que quieren que dejemos todo de lado, que perdamos nuestra libertad. Una megafábrica es progreso, es buenavida para el futuro de nuestros hijos y los hijos de ellos! – La euforia se le escapaba por los poros.

– ¿Ves? Ahí están los que quieren que vivamos como antes, que quieren dominarnos, no son más que estúpidos. No saben nada. – Replicó a las palabras de Morallén.

– Sabes, deberías aplicar a los puestos de la megafábrica. – Interrumpió Soledad – Sabes, ya aceptan puestos, seguramente necesitarán ensambladores. Todos trabajarán allí. Te pagarán mucho más de lo que te pagan ahora.

– ¿A mi edad? Sabes, es difícil, prefieren recién salidos a la sociedad. Siempre prefieren a los recién salidos. – Un suspiro acompañó sus palabras. No hablaron más y siguieron mirando el televisor.

La construcción de una megafábrica en las cercanías era garantía de ingresos para una región mediante la toma masiva de trabajadores locales; aunque en oportunidades movilizaban la mano de obra desde otras regiones, especialmente si en la nueva zona no se encontraban suficientes recursos calificados y ya instruidos o en su defecto, en proceso de instrucción.

Una región que hubiese implantado a tiempo los "planes de fomento y aseguramiento de progenie", aumentando la tasa de natalidad y la adjudicación de planes de capacitación para el recién nacido; un cronograma detallado, paso a paso, a ser seguido por los padres y luego por el mismo adjudicatario, con el objetivo último de ser un miembro útil de la sociedad.

– El tratado para la instalación de la nueva megafábrica incluye cincuenta mil puestos destinados a miembros sociales, compra de producción a costo reducido, y...– La marquesina en la pantalla pasaba a toda velocidad con la enumeración de los beneficios de la megafábrica por venir.

– Se ve bien. ¿Ves? Muchos puestos, incluso me pueden contratar, a mis cuarenta soy un miembro responsable de la sociedad, sigo estando bien – Oscar se dio ánimos, mientras Soledad asentía.

–...cincuenta hectáreas, incluyendo el bosque serrano, y el actual asentamiento comunitario veintidós, serán usado para la creación de la megafábrica. – Seguía anunciando la marquesina – El asentamiento comunitario veintidós ya cuenta con nuevos espacios designados y la reubicación de los bravos miembros sociales ha comenzado con ligereza e inteligencia, como es característico en esta dirigencia.

– Solo nuestro Dirigente puede haber conseguido esto. ¿Ves? Serás operador en esa megafábrica. – Volvía a señalarle la pantalla a Luhas.

– ¡Último momento! – La pantalla dejó de transmitir el partido – Nuestro Dirigente ha asegurado que todos los miembros sociales del asentamiento veintidós serán los primeros en acceder a los puestos de la nueva megafábrica, un gesto magno de parte de nuestro Dirigente, por dejar su asentamiento en beneficio de todos. ¡Bien por ellos, bien por nuestro Dirigente!

– Bien por nuestro dirigente – Susurró automáticamente Oscar.

– ¿Ves? Debes postularte. – Retomó Soledad.

– Voy a postularme. Soy un miembro de la sociedad – Le respondió inflando el pecho.

"Ministerio de fomento y aseguramiento de progenie"

Marzo 22

Padre y madre, pero ante todo, miembros útiles de nuestra sociedad.

Con gran esfuerzo de nuestros líderes y dirigentes, ustedes han accedido al plan que garantiza la correcta educación de su progenie, confiando en el deseo de todos por el bien común y por permitir que los suyos se conviertan en verdaderos miembros sociales.

Se le ha asignado al veneficiario del plan el código **736572767573-2092**, el que deberá presentar ante cualquier entidad provista por esta administración.

Diríjase inmediatamente al centro de apoyo popular más cercano provisto por esta administración para obtener las videoguías para los primeros años de su progenie en su camino de excelencia como **OPERADOR**.

Ernest Morallén – Dirigente

Solemne con el ciudadano

– Esto es un tesoro, Soledad – Le temblaban las manos a Oscar mientras leía la carta. – ¡Firmada por nuestro dirigente! ¿Ves?

– ¡Debemos agradecer! ¡Solo dar gracias! – Fue todo lo que pudo decir Soledad, mientras sus ojos se aguaban.

– Ahora Luhas tiene el futuro asegurado, solo deberemos seguir el plan y su futuro estará asegurado.

– Todos lo tenemos – Agregó Soledad apoyándole la mano en el hombro – Estas bien en la megafábrica y ahora Luhas ya tiene su código.

El plan de fomento y aseguramiento de progenie había surgido para garantizar una educación apropiada y que permitiera, al beneficiario ingresar a la sociedad con una especialidad laboral predeterminada, quitando la incertidumbre de la decisión y la posibilidad de elegir equivocadamente.

Oscar y Soledad tenían mucho que agradecer. Luhas solo tenía cuatro años y la carta con el código ya había llegado. Algunos padres debían esperar hasta seis años, algunos esperarían por siempre.

El edificio se veía imponente. Un hervidero de gente, moviéndose de un lugar a otro, subiendo y bajando escaleras; una marea de personas caóticamente distribuidas, y al mismo tiempo perfectamente organizada. Funcionarios y mecanógrafos, golpeando teclas, sellando, rasgando papeles, batiendo cajones, una sincrónica sinfonía burócrata. Y en lo alto el pomposo mensaje: Centro de apoyo al ciudadano.

Esparcidos por todas las regiones, estos centros multipropósito permitían realizar todo tipo transacción que tuviera un contacto con el estado. Muchos de estos edificios, otrora bibliotecas, universidades u hospitales, habían sido transformados en condensadores de toda la burocracia. Los libros habían sido entregados a los curadores, los insumos hospitalarios a los centros de curas generales y preparados, y todo lo restante, reciclado o apilado y abandonado.

– ¿Ves? Te dije que teníamos que venir más temprano – Como una madre a su hijo, regañó Soledad a Oscar.

– Aún estamos a tiempo. Hay que encontrar la ventanilla adecuada, solo eso… – Oscar mostraba en su cara los rasgos de molestia y enfado.

Mientras se escurrían entre la multitud, a los empujones, sus cuerpos se incorporaron a la masa anónima en movimiento. Ese mar de carne y transpiración, llanto de niños acalorados, viejas de tobillos inflamados e impávidas miradas arrojadas desde detrás de las ventanillas, Oscar y Soledad solo se dejaban llevar por la correntada, que los sacudían y los azotaban contra esas húmedas rocas humanas.

A los tumbos salieron por uno de los bordes del enjambre y dieron sus caras contra los barrotes de una de las ventanillas.

– ¿Disculpe? – Intentó llamarle la atención al funcionario – ¿Disculpe? – El funcionario lo miró por el rabillo del ojo y se tomó su tiempo para terminar la amena conversación que sostenía con un mecanógrafo.

– ¿Sí? – Finalmente se dirigió a Oscar.

– Me ha llegado esta carta del ministerio de fomento y aseguramiento de progenie firmada por nuestro dirigente y el código para mi hijo, que será operador – Depositó los documentos sobre el mostrador y le mostró una leve sonrisa de orgullo.

El funcionario hizo una mueca, arqueó una ceja y tomó con desprecio los papeles. – Esperen aquí, hay que verificar los datos. – Y sin dar espacio a preguntas, dio media vuelta y se perdió entre la multitud de papeles y archivadores.

– ¿Cómo que no han llegado los suministros? Pero si aquí dice que tengo que buscarlos… – Una mujer, a dos ventanillas de distancia, con ojos mojados, le suplicaba a un anodino funcionario. –… mire de nuevo, mire.

– ¿Ves? – Giró el pesado monitor y señaló un punto ámbar fosforescente – ¡No han llegado los suministros!

– ¿Y ahora que voy a hacer? – La pregunta no iba dirigida al verdoso rostro del funcionario, y tampoco a ella. Sus párpados abiertos al máximo dejaban ver perfectamente la forma esférica de sus ojos, mientras que sus manos apretaban como una morsa la sien. La pregunta no esperaba respuesta, era un simple preludio del fin de su mundo.

– Uste' verá. – Respondió sin mucho interés.

– Pero entienda que yo tengo la carta, y firmada por nuestro dirigente… mi hija ya tiene diez años… y no inició su preparación de recolector.

– ¡Ja! Recolector – Pensó, con sorna, Oscar al escuchar las explicaciones de la mujer. – Recolector… Hubiera elegido mejor… mejor es operador… como mi hijo. – No podía evitarlo, por fin tenía algo por lo que sentir orgullo. El pensamiento lo engañó y dejó ver sus irónicos dientes.

No existían clases sociales o laborales. No importaba el puesto o lo bienes. El mensaje era claro: Todos son ciudadanos, todos para el bien común.

A pesar del mandato, el mercado negro de la envidia traficaba con el estatus de puestos, y el de operador, por su versatilidad, y el curador, por su dependencia desde la dirigencia, resultaban los más deseados, los generadores de celos, de estatus intangible, de olor a superioridad.

La tensión era evidente cuando se planteaba la pregunta «¿Y el suyo que va a ser?» y estallaba cuando del otro lado del cuadrilátero el oponente impactaba el guante en el rostro del interlocutor, «Curador ¿Y el suyo?», con cejas arqueadas y ajos entre cerrados.

Los grabes de las palabras parecían golpes en el pecho; Los « ¡Imbécil! ¡Idiota! ¡Pobretón!» eran ramas arrojadas desde lo lejos.

Se asemejaban a grandes simios tratando de marcar su territorio, espantando al usurpador para quedarse con el aren.

El estado también recomendaba, con motivo de salvaguardar las capacidades cognitivas de la prole, mantener el menor contacto posible entre niños con diferentes objetivos sociales, incluso con hermanos o miembros de la misma familia. La actividad que desempeñaría en su futuro social requería todo el esfuerzo y cualquier distracción podría ser desestabilizadora. Claramente, aunque no se lo señalara explícitamente, un operador no podría mezclarse con un recolector, por otro lado, de nada le servirían, incluso, los juguetes entregados por el estado en el plan de aseguramiento de progenie confeccionados exclusivamente para cada tipo de trabajo. Herramientas de plástico, armas que emitían luces de colores, papeles, sellos y tijeras, guantes y escobas, destinados a preparar al futuro ciudadano.

– ¡Por favor! ¡Por la luz de vida! ¿No hay algo que uste' pueda hacer? – Insistió una vez más la mujer.

– De poder… siempre se puede… – No la miró a los ojos, como si intentara guardar un secreto que hubiera sido descubierto a través de sus pupilas.

– ¡Diga! – La esperanza le volvió al rostro.

– Bueno… debería completar el formulario para trámites rápidos… pero uste' sabe, es algo costoso – Sus palabras se escuchaban empantanadas en miel.

– Hago lo que tenga que hacer – Confirmó la mujer.

– ¡Eso es bien! – Se refregó una mano con la otra. – ¡Escuche! Salga por la entrada principal, de frente verá el cartel que dice auditor, hable con José y hable por el formulario de trámites rápidos. Diga que yo la mando. Le van a cobrar unos dos mil y de seguro, en una semana tiene el documento y me lo trae. – El lobo se relamía, ya saboreaba la carne. – Y no se olvide de decir que la mando yo – La oveja creyó que era su amiga.

Las aspas de los colgantes ventiladores desparramaban el calor por todo el recinto. Una mezcla melosa que se pegaba a los cuellos y las frentes, condensándose en gotas espesas, oscuras, se resbalaban en búsqueda de climas templados que solo podían crear las sombras de los pliegues de ropa. Estas víctimas del hacinamiento de cuerpos, como en la carrera por la vida de tortugas marinas recién eclosionadas, eran engullidas de una sola pasada por las mangas de las camisas.

– ¿Coronado? … ¿Oscar Coronado? – El funcionario no levantaba la cabeza, solo gritaba levemente detrás de su ventanilla.

La multitud, las aspas girando fuera de su centro arañando el metal del mecanismo interno, el abanicar de revistas por los que se desparramaban en lo contados asientos de espera, opacaban los alaridos del funcionario. Oscar enderezó una oreja y se paró de un tirón – ¡Sí! ¡Aquí! – Levantaba la mano desde el fondo del salón, intentando hacer notar su presencia, mientras se abría paso entre el apelotonamiento.

– Aquí… sí… ¡jum! – Jadeó – Soy yo, Coronado… Oscar Coronado – Su delgadez era un sinónimo de su salud.

– Bien… todo está en orden. Este formulario debe presentarlo al recoger las videoguías y los demás elementos de socialización. – Le deslizó casi con asco el papel.

– ¿Y ahora a dónde voy? ¿Dónde busco las videoguías? – Preguntó apresurado al funcionario que ya se encontraba abstraído en otra tarea.

– ¡Lea! – Mientras señalaba con el índice el pié del papel.

Leyó con atención, dio media vuelta, respiró profundamente y atacó la muralla de carne. Entendió que ese sería un largo día de trámites y papeleos.

Una caja enviada por el ministerio con artículos para padres siempre causaba curiosidad. Era necesario saber que había dentro, que enviarían desde el estado central para educar a un beneficiario; ¿Nuevos modelos de juguetes? ¿Ediciones de lujo de videoguías creadas por el Dirigente en persona? Lo cierto era que propios y extraños se acercaban al camión de suministros perfectamente decorado con mensajes de unión y civismo, demostraciones de las heroicas acciones del Dirigente y su gestión y parlantes afónicos entonando la canción patriótica. Definitivamente era un momento digno de presenciar.

Como un protocolo miles de veces ensayado, el camión se detenía frente a la casa de los beneficiarios. Los beneficiarios salían a la calle y caminaban lentamente, como un par de enamorados novios en busca de la bendición santa que solo el canalizador de los deseos de un ente divino puede darles. Cuando llegaban a la puerta del transporte, los tórtolos mostraban la identificación plástica con el número del beneficiario y un funcionario, vestido de azul, extendía una tablilla con un formulario adosado para hacer firmar, al pie, el comprobante de entrega. La parte trasera del vehículo se abría y otro funcionario, con un cargador de ruedas, bajaba una enorme caja que dejaba a los pies de los firmantes.

En un tono cansado y con un discurso cientos de veces pronunciado, el funcionario daba culminación al acto – Es grato, para nuestro Dirigente, y para nuestra sociedad… – Miraba la tablilla con la hoja –… hacerle llegar este material a ustedes, Oscar Corodado y familia.

– ¡Muchas gracias! – Soledad con reverencia.

– ¡Sí! Muchas gracias… – Continuó Oscar –… solo… solo que es Coronado. – Corrigió con sumisión.

– Corodado… Conrado… Coronado, es casi lo mismo, señor.

– ¡Si usted lo dice! – No se atrevía a mirar al funcionario a los ojos.

– ¡Sí! Yo lo digo. – Como un animal que huele el miedo de su víctima, el tono mutó al de una sádica maestra – Esto es lo que pasa ¿Ves? – Se dirigió con ironía hacia el funcionario encargado de manejar el camión – Se traen los suministros y en vez de agradecer, de darle las gracias a nuestro dirigente, quieren reclamar por un error pequeño, como si no hiciéramos todo pensando en esta gente. – Volvió a mirar a Oscar – ¿Ves lo que pasa? Hay otros ciudadanos que esperan ¿Nos vas a hacer perder más tiempo? – No esperaba una respuesta. El camión se puso en marcha, la estridente garganta del parlante volvió a la vida y se perdió dejando una polvareda.

La caja olía a humedad, los bordes gastados y el cartón doblado eran una clara demostración que había estado mucho tiempo almacenada, olvidada en algún rincón una bodega de almacenamiento, a la espera de un dueño, un feliz ciudadano beneficiado con un plan.

La caja era la pieza restante que ponía en marcha la maquinaria para la formación de un ciudadano; como el cuarzo de un reloj, como el golpe con la punta de los dedos que le da un cirujano al corazón luego de trasplantarlo; la caja, su contenido era todo.

La expectativa crecía. Ojos avizores revoloteaban los pliegues del embalaje. Como un animal salvaje dudoso de acercarse a la carnada, Oscar estiró su mano y, lentamente, quitó las cintas que bloqueaban el acceso al contenido.

Estaban todos, dos primos, tres amigos, una suegra, los hijos de la tía, el vecino que oficiará de pregonero del acontecimiento en el barrio. Todos miraban por encima del hombro del otro, turnándose, empujándose, mientras Oscar desvelaba el preciado tesoro.

Oscar tomó la hoja de papel de la superficie y leyó para sí, dejando escapar algunas palabras en tono muy bajo –...igente lo salud... tenga a bien present... videoguía número uno...

– ¡Bien! ¿Qué dice? ¡Hable fuerte! – Reclamó el pregonero.

– ¡Bien! ¡Bien! Que hay que colocar la videoguía uno – Respondió rápidamente Oscar – ¡Soledad! ¿Dónde está?

Soledad desapareció por un momento y cuando volvió traía entre sus manos un par de videoguías y con un trapo las desempolvaba. Encendieron el televisor, introdujeron la videoguía en la parte inferior y presionaron el botón verde.

El aparato dedicó los primeros segundos a calibrar la imagen y el sonido. – ¡Ciudadano! Con gran alegría es que lo saludo, – Morallen leía una hoja que sostenía entre sus manos – usted, así como millones de prósperos compatriotas es beneficiario, gracias a nuestro gobierno, de un plan de aseguramiento de progenie que le permitirá a su hijo tener una vida próspera y segura. – La imagen terminaba abruptamente. La pantalla negra daba paso al símbolo patrio de unidad, dos manos entrelazadas dentro de un triángulo, y finalmente una lista con el contenido de la caja.

– Gracias a nuestro dirigente, Morallen, y este gobierno, usted encontrará los siguientes ítems en su plan. – Y la voz comenzó a leer la lista – Una guía con palabras sugeridas para el plan de carrera de su hijo o hija, un conjunto de juguetes temáticos, decoraciones para habitaciones varias, una bandera patria – Nuevamente, el símbolo patrio contrastando con el fondo negro, silencio absoluto solo interrumpido por el chasquido producido por la videoguía al detenerse.

– ¡Bien! – Fue lo único que Oscar pudo decir, y sacó a todos del estupor en el que los había inducido la pantalla. – Ahora a sacar esas cosas de la caja.

Oscar sacó con cuidado cada uno de los juguetes. Soledad hojeó la guía de palabras sugeridas. – ¿Ves? ¿Qué es esto de metalizar? – Preguntó con asombro.

– Creo que lo escuché a un amigo, que también es operador, alguna vez, – Comentó Ingrid, hermana de Soledad – era algo como hacer un palo de fierro.

– Eso será enfierrar – La explicación no convenció a Soledad y llevó a entablar una acalorada discusión sobre el significado de la palabra, el estatus que tendría Luhas cuando trabaje en una megafábrica, lo apuesto que resultaba Morallen y como a

Ingrid, ante los ojos de Soledad, todos los hombres con cierto nivel adquisitivo le resultaban de una inminente imposibilidad a mantener sus piernas cerradas.

– ¡Esperemos que este no se les muera! – Ingrid clavó las uñas en el corazón de Soledad.

Oscar intentó intervenir para apaciguar la situación. Situación de la cual estaba ya acostumbrado siempre que las dos sentían la necesidad de medir sus logros. Lo demás espectadores, por el contrario, rogaban por ver un enfrentamiento pugilístico sin pagar entrada.

Los intentos eran vanos. No había palabras ni ademanes que pudiera congelar ese volcán de ira y malas palabras. Pero este haría erupción sobre otro objetivo cuando el sonido de uno de los juguetes, en manos de Ester, la hija menor de Ingrid, se accionara emitiendo luces y sonidos metálicos de máquinas y cajas registradoras.

De un solo movimiento Ingrid había elevado por el brazo a Ester, haciendo que soltara el juguete, cambiando el sonido metálico y las luces de colores por un estridente llanto. – ¡Eso no es de uste'! ¡Uste' tiene su plan y no puede tocar los juguetes que no son de uste'! – Toda la furia acumulada en la pelea con Soledad cayó sobre Ester.

– ¡Jum! ¡Mal educada, igual que alguien! – Soledad aprovechó para cerrar la contienda.

Como todo ciudadano que había sido beneficiario de un plan desde su infancia Ingrid sabía que estaba prohibido el intercambio de cualquier cosa que pudiese pertenecer a un plan diferente. Si se mezclaran podría hace tambalear el futuro en formación de cualquier niño. Además la familia podría recibir sanciones económicas, siempre y cuando algún funcionario fuese puesto en aviso de tal suceso. Siempre habría algún voluntarioso dispuesto a realizar dicho aviso.

– Y, digamé Oscar ¿Cómo le ha hecho uste' para que le den el puesto en la megafábrica y el plan? – La pregunta del corresponsal vecinal le llegaba directo al corazón, lo obligaría a recordar eso que había sepultado en lo profundo de su corazón, amurallándolos con sentidos de abulia y apatía.

Oscar no quería recordar, pero el cincel ya estaba clavado en su rocoso corazón, una estaca hipócrita para un vampiro honesto.

– ¡Digamé Oscar! Seguro que tiene algún amigo en el ministerio, – El martillo golpeó la estaca – seguro algún favor hizo por ahí, – Golpeó nuevamente – no se consigue todo esto así de fácil, eso lo sabemos todos – Le dio muerte.

Las imágenes lo invadieron y lo llevaron al pasado que habría querido extirpar de sus recuerdos.

Sí, había conocido gente en el ministerio, había hecho favores, y la idea de fácil no categorizaba siquiera en eufemismo. Recordó las luces del vehículo que lo cegaron, la única luz. El vehículo se detuvo a su lado, la ventanilla, oscura, bajó lentamente al tiempo que la cara redonda del funcionario se asomaba – ¿Cómo le va, mi amigo… señora? – Falsa sonrisa, dientes perfectos – ¿Lo tiene todo?

– Sí, aquí. – Oscar señaló la bolsa.

– Bien ¿Ves? No era tan difícil. – Le explicó a su acompañante que se ocultaba en los oscuros recovecos del interior del vehículo. Oscar esperaba inmóvil el final del monólogo.

– Uste' sabe, – Prosiguió, ahora dirigiéndose a Oscar – hay puestos y puestos, futuros y futuros. Hoy día, los operadores son planes difíciles de conseguir, todos quieren eso. La verdad, le digo, no sé por qué, hay tantos otros, que son un poco… como decirlo… más fáciles de conseguir – Se frotó el índice con el pulgar – ¿Uste' entiende?

El peso de los billetes dentro de la bolsa era irrefutable demostración de la dificultad: Oscar entendía.

Para el funcionario la bolsa contenía un tributo justamente exigido, para Oscar y Soledad un futuro duramente ganado. Oscar se la entregó al funcionario y este, con la gala de la costumbre, arrojó el contenido despectivamente en el asiento, contó superficialmente los fajos y susurró algunas palabras de conformidad a la figura que lo acompañaba. Como en una habitación vacía, un eco le respondió. El funcionario se volvió hacia Oscar.

– Bien. Parece que todo está bien… con el dinero, que uste' trajo… pero los precios aumentaron un poco más.

– ¿Cómo? Si esto fue lo que me pidió – Oscar estaba exaltado.

– Bien… si no tiene el dinero… – Arrastró la última vocal y miró con insidiosa lujuria hacia donde estaba Soledad.

Oscar reaccionó como un animal acorralado por los cazadores. Instintivamente intentando defender su bien más preciado. Se puso delante de Soledad tapando la buitresca cara del funcionario.

– Bien. Parece que no llegaremos a nada, – Amenazó el funcionario – no creo que quiera estos papeles.

Soledad apoyó una mano sobre el hombro de Oscar. No necesitaron mediar palabras, los dos sabían que esa era la única forma, el destino jugaba con sus vidas.

– Parece que ahora si nos entendemos. – El funcionario se pasó una mano por los labios. – No se preocupe, que solo vamos a jugar un rato.

Soledad tenía ya tres meses de embarazo, y esa noche fue el juguete de dos sádicos funcionarios. Dos monstruos que engulleron, mancillaron y desgarraron cada parte de Soledad.

Durante los quince minutos que duró la faena, Oscar solo pudo tenderse al costado del camino y sollozar. Culparse de todo. Odiar todo. Querer destruir todo.

Finalmente la puerta se abrió y lo que salió ya no era Soledad. Su piel, que siempre había sido pálida ahora no tenía color. Sus ojos negros, brillosos, ahora una pileta de brea insondable. Las manos se sacudían sin control aunque apretaba contra su vientre los documentos prometidos.

– Hasta luego, amigo – El funcionario saludó desde dentro del vehículo mientras se ajustaba el cinturón –, lo felicito por su esposa. – El automóvil ya aceleraba.

Los dos se abrazaron, arrodillados. El repetía una sola palabra: Perdón. Ella no dijo nada.

Oscar suprimió nuevamente el recuerdo, apretó los dientes y volvió al presente. – Nada… no he hecho nada. ¡Bah! Lo mismo que cualquier otra persona. – Contestó.

SEGUNDA PARTE

El eco de la campana colmaba los pasillos vacíos del colegio esa fría mañana de Julio, traspasando su vibrar a las paredes, sacudiéndolas, en espasmos perceptibles al apoyar las manos. La mole quería entrar en calor antes de que franquearan sus puertas.

Los alumnos y sus padres esperaban fuera, como siempre, estoicos, sin imaginar lo que se gestaba dentro.

– Bueno. ¿Lo damos de baja? – Preguntó la directora.

– Uste' sabe que es así. Si no fuera por el apuro, no me mandaban para avisarles. – La chaqueta y el pantalón azules asfixiaban el obeso cuerpo.

– ¿Y qué van a hacer los otros? – La pregunta era innecesariamente retórica. Ya sabían que pasaría con los demás y, aunque no quisiera conocer la respuesta, la había obtenido más veces de las que le hubiera gustado recordar: Olvido y desesperanza.

Olvido que la invadiría en poco tiempo. El olvido resultaba el mejor de los elixires que con la experiencia y la práctica había podido acelerar su llegada, incluso a unas pocas horas después de cualquier acontecimiento amargo. Ya no sentía desesperanza, ni tristeza, ni pena, ni misericordia. Se había entrenado para cambiar la visión de esos pequeños cuerpos, inocentes, víctimas del sistema en el que habían nacido, por victimarios. – ¡Sí! Se lo merecen, sus padres se lo merecen, ellos se lo merecen. Sus padres debieron elegir mejor. – El brebaje ya ingresaba en su sistema y sentía los efectos. – El funcionario tiene razón, él y yo somos herramientas, lo importante es la sociedad. ¡Se lo merecen! – En la nada misma, su pensamiento se movió desde lo dulce a lo agrio.

– ¿Entonces? – El funcionario la sacó de sus elucubraciones.

– ¡Sí! Es así y así tiene que ser – El elixir había hecho su efecto definitivo.

– ¡Esto es una estupidez! – El grito fue acompañado con un golpe de puño sobre el escritorio.

– ¿Qué le pasa compañera? Hoy no está de buen humor, parece –

El funcionario buscó los ojos de la directora. Quería un aliado para magnificar la falacia.

– ¿Cómo pueden estar de humor? Están pensando en dejar en la calle a cientos de estudiantes, solo porque las estadísticas de una megafábrica han cambiado – Había apoyado los nudillos contra el escritorio.

– ¡Es que es nueva! Es la que remplazó a la vieja insoportable esa... ¿Se acuerda? – Los ojos de la directora estaban conectados a los del funcionario.

– ¡Mierda! ¿Me van a escuchar? Mírenme cuando hablen de mí – Otro golpe rompió el hechizo ocular.

– Bueno, parece que la nueva no entiende como son las cosas. – Ahora la pelota azul apuntaba toda su energía hacia la maestra – Las cosas se tienen que hacer como se digan desde arriba. Su trabajo depende, primero, de lo que yo pueda informar, segundo, de cómo esta región se adapte a los números y las necesidades de todos. ¡Si la megafábrica dice que se necesitan más de unos que de otros, es porque es así! ¿O uste' piensa que nuestro dirigente no le preocupan esos chicos? Todos nos preocupamos.

– ¡Vamos Jana! Siempre ha sido así.

– ¡No! No siempre ha sido así. ¡Solo producimos esclavos!

– No se sobrepase. – El funcionario intentó cambiar su postura y solo emitió un bramido – Nosotros nos preocupamos por el ciudadano. Los planes son para eso y cada padre puede elegir libremente lo que su hijo quiera ser en el futuro. No es nuestra culpa que algunos no sepan elegir. Además, todos tienen trabajo cuando terminan los estudios... ¿Qué cuanto son? Años... ¿6... 8? – Movió sus manos intentando rellenar su desconocimiento.

– ¡No sabe ni cuántos son! – Carla se había sentado y se agarraba la cabeza, perpleja.

– Bueno, eso no importa mucho ahora. Uste' sabe que siempre pueden contar con el apoyo del estado, no es para tanto. – La directora intercedió. Necesitaba hacerlo. Por un momento sintió que recobraba racionalidad y que necesitaría de una dosis mayor de su pócima para ignorar.

– ¡Bien! Esto está decidido. Hoy quitamos todos los estudiantes de verificación, de todos los turnos. Está de más decir que no pueden entrar a estas instalaciones. – Mientras intentaba desencastrarse del sillón agregó. – Aquí les dejo la notificación de la baja de los cupos y algunas palabras de nuestro dirigente, avísenle a los padres, que hace rato están ahí afuera. ¡Con el frio que hace hoy!

Las puertas finalmente se abrieron, y como un doctor que emerge de un quirófano donde nada ha salido como se esperaba, la directora, con cabeza gacha, caminó hasta los primeros escalones.

– ¡Señores padres! ¡Compañeros ciudadanos! Hoy nos ha visitado un funcionario para traernos una noticia, de primera mano, por su importancia. La megafábrica de la región cada vez, gracias a nuestro dirigente y el estado todo, cada vez tiene mayor producción. Muchas de las tareas que hasta ahora se venían realizando con entusiasmo han cumplido un ciclo, y por lo tanto, esas, no serán más requeridas de acuerdo a las proyecciones. Pero agradezcamos, mucho, ya que las fuentes de trabajo que hoy se cierran, servirán para que otras sean requeridas, en un futuro. Agradezcamos entonces, porque todo es parte de un plan, y como la creación proveerá, el estado, por medio de nuestro dirigente también lo hará.

Los rostros de los padres representaban los de sentenciados a fusilamiento de manos de un sádico verdugo que no les había permitido vendarse los ojos, no teniendo que ver el instante en que la bala que les daría muerte saliera disparada hacia sus cabezas.

La bala era una sola, y podría matar cientos. La bala era una palabra y todos esperaban que las víctimas fueran los otros.

– ¡Verificación! Ya no daremos verificación, por lo que no pueden ingresar al establecimiento los estudiantes de verificación. – El verdugo ya había jalado del gatillo y la bala había dado de lleno en los cerebros de los estudiantes. Oscar soltó el aire que había mantenido en sus pulmones «Luhas está a salvo», pensó.

Los alumnos asistían al monótono ritual educativo; esperar el sonido de la campana, formarse en la galería, cantar agradeciendo al dirigente, el estado y el trabajo, rezar, desparramarse para luego agruparse de acuerdo la especialidad laboral que sus padres habían conseguido a través de los planes del gobierno, escuchar a los profesores, callar, reaccionar ante la campana, desparramarse para luego volver a agruparse, cantar e irse para volver al día siguiente y comenzar, una vez más, la rutinaria ceremonia.

Como las cajas enviadas por el estado, los programas escolares eran cuidadosamente planificados para dirigir el conocimiento hacia un fin específico. Un operador no podría contaminarse con conocimientos de un verificador o curador. Incluso la formación de profesores, desde edad temprana, se había especializado en no conocer más allá que su futura especialización remitiéndose a la lectura y el dictado de los libros autorizados. El fin de las aulas no era el conocimiento, sino obtener ciudadanos preparados para tareas productivas.

Luhas miraba por la ventana del salón de clases que daba hacia la calle. La voz de la profesora se perdía en el fondo de sus pensamientos, solo era ruido blanco que acompasaba sus pensamientos, "¿Qué hacen allí afuera?", "¿Por qué no se van?", "¿Qué esperan?", su mente intentaba crear un camino lógico para conciliar lo que veía con lo que le habían dicho que tenía que ver. Miró el pizarrón al final del pasillo de bancos todos alineados, y la figura de su profesora que deambulaba de un lugar al otro con un libro en la mano, recitando el texto: – Los operadores deben acatar las órdenes de sus supervisores. Los supervisores están... – La pausa era la invitación para completar la frase. Luhas miró nuevamente hacia el exterior absorto por las figuras de pie, inmóviles, en el frio de la mañana. Su boca completó automáticamente: –...en mejores condiciones para entender un problema, los operadores se limitan a sus tareas designadas.

– ¿Has visto que los de esta mañana siguen ahí afuera al frio? – Luhas no había podido quitarse la imagen de sus pensamientos.

– No he visto nada – Carlos se llevó un tenedor cargado de fideos descoloridos a la boca –… bien… ¡ñam! Sí, los vi – Algunos fideos se negaban a morir en las fauces del hipercalórico Carlos y se escapaban por las comisuras – mi papá me dijo que tenían que irse y pedir un cambio de plan y que se los iban a dar seguro pero que se lo tenían merecido porque no son como nosotros – El tenedor volvió a clavarse con violencia sobre los fideos y el líquido translúcido salpicó a Carlos desde el pecho hasta su cuello. Las manchas no le importaban, era el momento de comer.

– Es que no se movían, y pensé que…

– ¡No pienses tanto que se te va a quemar la cabeza! – La charola se resbaló por la mesa y golpeó la de Luhas – ¡Ves! Siempre pensando algo. ¿Qué es lo que siempre te dice la profesora? – Jhonny entre cerró los ojos, frunció la cara y con voz de fina se mofó – ¡Luhas! ¡Luhas! Uste' siempre con ideas y cuestionamientos raros – Agitó el dedo índice – ¿No se da cuenta que nunca va a ser un buen operador si cuestiona todo? – Todo terminó cuando las carcajadas de Carlos eyectaron unos proyectiles de pasta mal masticada que terminaron aterrizando en una de las manos de Jhonny – ¡Eh! ¡Gordo de mierda! ¡Más cuidado! – Se limpió el proyectil con la cara de Carlos.

– ¿Qué pasa acá? – La voz los amordazó. Luhas pudo calcular milimétricamente el recorrido del estremecimiento que nació desde sus extremidades y corrió una carrera hasta su cerebro, solo haciendo una pequeña parada en su estómago y luego en su pecho. Carlos solo pudo poner cara de bobo, dejar la boca entre abierta y no sentir como se le derramaba el enjambre de fideos, desde los dientes del tenedor, hacia su mano. A Jhonny no le importaba la presencia de su hermana.

– ¡Nada! A este, como siempre, le da por hacerse preguntas y jodernos a todos para que se la respondamos. – Jhonny se adelantó – Ahora se preocupa por los que van a tener que cambiar de plan por lo de esta mañana. – Jhonny pretendía mostrarse por encima de cualquier cuestionamiento.

– Pero está bien que hacerse preguntas – Replicó Carla, mientras le gatillaba a Luhas una sonrisa y unos grandes ojos almendrados.

– ¡Bien nada! Yo tengo diecisiete y sé mejor que esta ratita de catorce que mientras menos preguntas, mejor. Es lo que siempre dicen los profesores y es lo que te va a dar un buen vivir. ¡Gordo, cierra la boca, das asco! – Se descargó contra Carlos.

– Es que hoy vi cómo se quedaron todos ahí afuera – Luhas, tímidamente, aprovechó el cambio de blanco.

– ¡Bien! A veces hay que hacerse preguntas. Puedes conocer algunas cosas interesantes – Ahora Carla estaba seria –, nosotros nos hacemos preguntas para poder comprender el conocimiento de los libros.

– ¡Ay! Claro, porque ella es la curadora. Se la pasan revolviendo libros. Eso no es ser un ciudadano. Ciudadano somos nosotros que vamos a trabajar en las megafábricas. El año que viene voy a trabajar en la megafábrica del asentamiento veintidós, mientras que ustedes no hacen nada hasta que no cumplen los veinte. ¿Y para qué?

– Para escribir nuevas verdades… – Carla había elevado la voz.

– ¡Va! Eso es lo que les dicen. Pero ni nuestro padre quería que fueras curadora, solo porque madre le rogó. ¡Ay, que es nuestra única hija! ¡Ay, que como va a ir a trabajar a una megafábrica! – Jhonny tenía una sola cara para burlarse de los demás.

La pelea iba en escalada entre los hermanos. A Carlos le pareció más interesante los restos de comida en su plato y Luhas solo repetía en su cabeza ese minúsculo lapso en el que Carla arremetió contra él con la boca y los ojos.

La campana se hizo presente y como autómatas que reciben una nueva orden, los gritos, las peleas, el masticar, todo cesó. Las filas se organizaron al costado de las mesas, el ruido de los zapatos al unísono contra el piso y en un intento de paso marcial las filas se dirigieron a sus salones.

Luhas miró nuevamente por la ventana. No encontró a ninguno de los rostros desesperanzados. Un vehículo corroído, con las siglas D.A.C. a un costado, pasó a gran velocidad. Las luces del techo lo encandilaron. Por un momento vio todo en rojo y azul.

El golpe del libro contra el piso lo hizo esforzarse por fijar la mirada y recobrar la vista. Ya resultaba difícil poder ver algo desde el fondo del salón, menos escuchar la voz de la profesora durante la hora de clases. El libro no se había caído, lo habían arrojado con fuerza.

Vio a la profesora, rígida, los puños apretados, la cabeza gacha. Miraba hacia el libro que había tirado al piso, pero lo miraba, miraba sus pensamientos.

El tiempo se había detenido, nadie respiraba, todos esperaban. El silencio era acompasado por los chorros de sangre que recorrían las aortas de los espectadores. Un segundo después de que aquel libro tocara el piso Jana habló.

– Esto no sirve… no sirve de nada… es basura. – Apretó los dientes – ¡Solo les damos basura!

Las miradas entre los estudiantes se empezaron a entrecruzar. Las caras de pregunta buscaban a las de respuesta. Los hombros encogidos respondían que no entendían.

Jana recogió el libro. Acomodó las páginas. Lo cerró y miró la tapa de un tenebroso azul oscuro.

– ¡Esto solo los prepara para obedecer! Nosotros somos herramientas para destruirlos, los matamos antes de que nazcan. – Alguien juraría, luego, que había visto una lágrima.

No se hicieron preguntas. Nadie levantó la mano ni pidió permiso para hablar. Cuando Jana retomó la monótona cadencia de la lección, todos tomaron sus lápices y, como ratas hipnotizadas, escribieron cada palabra. Tal vez por la lejanía o debido a que no había sido un día típico, Luhas no fue alcanzado por el trance.

La campana anunció el final de la clase y con ella el final de la jornada. Todos se pararon, formaron una fila y con pasos sincronizados caminaron hasta el gran salón donde se unieron a los demás grupos. Rezaron y pidieron y cantaron, como cualquier otro día. Luhas notó el aire más fresco, menos rancio, había menos estudiantes apelotonados. Su mediana estatura no le permitía ver más allá de algunos compañeros, pero esta vez pudo ver mucho más allá. Miró para un lado, y miró para el otro. A la distancia divisó a Carla y recordó el momento en el comedor. Miró un poco más lejos y se encontró con Jana, sus manos en la espalda y dos figuras de azul que la escoltaban. Le pareció que la directora movía la cabeza en reprobación. A su lado estaba Jhonny.

Al día siguiente Jana no dio clases. Tampoco al siguiente día. Al tercer día un deshilachado individuo se presentó como profesor ante la clase. Al cuarto día nadie preguntó por Jana.

Había estado cálido desde temprano, y particularmente insípido durante todo el día. Luego del medio día, Soledad, para romper con el sopor producto del encierro, decidió llevar a Luhas al mercadillo que se formaba, espontáneo, en torno a la plaza circular del barrio.

A Oscar le había tocado trabajar ese domingo, como muchos otros domingos, pero no podía darse el lujo de negarse ante el pedido de los supervisores, como bien sabía, o le habrían dicho lo que había escuchado tantas veces: –¡Hay una fila inmensa de ciudadanos recién salidos ansiosos por puestos en la megafábrica!

Algunas cuadras antes de llegar al corazón de la plaza, se elevaban, de forma desordenada, puestos con toldos de plástico y pilares de palos. Los olores a frituras, las voces penetrantes de los vendedores enunciando la bondad de sus productos, penetraban a los transeúntes. Mientras más se adentraban en el bosque de chucherías, los puestos se hacían tupidos y más difícil el avanzar. Luego de algunos empujones, como un claro que recibe con clemencia al explorador, llegaron a la plaza central.

Soledad revoloteaba entre los puestos arrastrando de la mano a Luhas.

– ¡No te sueltes de la mano que te puedes perder! – Le repetía, Soledad, cada dos puestos o cuando quedaban enredados entre un grupo de personas.

Pasaron por un puesto de preparados y Soledad aprovechó para comprar unas gotas para los dolores de cabeza. El vendedor sacó un frasquito, lo llenó con agua, le agregó una gota de otro líquido viscoso, agitó enérgicamente, lo tapó y se lo entregó.

– Son doscientos – Con una mano agarraba el frasquito mientras extendía la otra esperando el dinero.

– ¿Doscientos? ¡Pero si hace unos días costaba la mitad! – Refunfuñó Soledad.

– Uste' sabe, las cosas aumentan todos los días. Si lo quiere, son doscientos. – Se hizo el ofendido.

– ¡Le puedo pagar ciento cincuenta! – Soledad se ofendió aún más – Además, cada vez me hacen menos efecto, los dolores de cabeza no se van.

El regateo continuaría durante algunos minutos más. Luhas aprovechó para cruzarse al puesto del frente. En el piso, sobre una manta, el vendedor había acomodado una serie de libros mohosos que Luhas escudriñó con la vista. No encontró nada que le llamara especialmente la atención, nada se ajustaba a su educación. Estaba dispuesto a volver con su madre cuando un tono conocido lo hizo parar en seco.

– ¿Ahora quieres convertirte en curador?

Giró la cabeza y sus ojos se encontraron con los de Carla. – ¡Eh! No… no… solo miraba. – Le tembló la voz.

– Tranquilo, que no muerdo. – Carla sabía que tenía el poder de estremecerlo.

– Solo miraba – En su cabeza fue una cataratas de ideas, en su voz el eco del susto.

– No le digas a nadie… Pero si quieres, te enseño como encontrar material… digamos que te daré una clase gratuita de curador.

– ¡Pero eso no es bien! – Tenía los ojos de un animal acorralado.

– Nadie se tiene que enterar… ¡Veamos! – Voló por sobre los libros – Este puede ser interesante: Cosmología divina – Tomó el libro y lo abrió. Pasó un par de páginas y posó su dedo sobre las fechas de impresión – Mil novecientos cuatro, excelente fecha. ¿Ves?

– No entiendo.

– Es fácil, miras la fecha, si es vieja, seguro tiene buena información.

– Aun no entiendo.

– Un curador busca conocimientos perdidos, milenarios… ¡Viejos! – Frunció la boca en son de desinterés – Todo lo que sea viejo seguro que sirve.

– ¡Bastante fácil!

– No creas que es tan fácil. No se trata solo de buscar un libro. Hay que hacer informes, presentarlo ante funcionarios, compararlo con otras ciencias. – A Carla no le gustaba que desestimaran sus estudios. Suficientes burlas recibía de su hermano. – Te hago un trato. Si crees que es tan fácil, te desafío a que encuentres un libro en esa pila de ahí – Señalo una columna polvosa de papeles que Luhas revolvió sin dudar. Escavó durante unos minutos, pasó páginas, leyó títulos y posó sus dedos en fechas.

Con cara de triunfo presentó el vetusto manojo de papeles: ¡Este!

– ¡Bien! – Carla lo revisó cuidadosamente – Mil nueve cero cuatro, la fecha parece bien. El título promete, "El inconsciente". – La idea de que el desafío le hubiese resultado fácil la incomodaba – ¡Bueno!

Este puede servir. Ahora viene la parte difícil: Léelo, resúmelo, y escribe, en no más de cuatro hojas, una ley universal. Como esas que aparecen en los mensajes que da el dirigente. Algo que cualquiera pueda usar. – Mientras Luhas decodificaba la idea en su cabeza, Carla desapareció de la misma forma en como había aparecido.

Luhas había escondido el libro entre su ropa para evitar cualquier tipo de pregunta. El paseo continuó durante unas horas y, aunque sin sobresaltos, no pudo dejar de pensar en las instrucciones de Carla. Cuando llegaron a casa corrió a su habitación y comenzó a leer.

Luhas tomó notas, hizo comentarios al margen de los párrafos, subrayó frases completas, dobló páginas, navegó de principio a fin por el mar de palabras durante horas.

Había creado dos montones de hojas con sus notas. En el primero, todo aquello que creía importante, en el segundo, todo lo que no entendía y pretendía preguntarle a Carla. Comparó los montones y notó que el segundo se veía más abultado, – ¡Esto es bueno! – pensó, – Cuando se lo muestre a Carla, me dirá que busque sobre todo esto… sí, eso me dirá – y una sonrisa asomó en su rostro.

La electricidad se había ido y la oscuridad absoluta había colmado la habitación. Luhas necesitaba acercar la vela al material de estudio de tal manera que la llama lamía el papel. Tendría que acostumbrar sus pupilas si quería seguir con su encomienda. La electricidad no volvería hasta el día siguiente. A las nueve las luces se iban y volvían al día siguiente cerca de las ocho.

El ritual eléctrico generalmente venía acompañado con el refunfuñar de su padre.

– ¿Qué hay que ahorrar energía? ¡Mis pelotas! – Solía decir – ¡No tienen derecho! Bien que nos cobran por la fuerza.

– Que te va a hacer mal – Seguía por detrás su madre – ¡Es temporal! – Intentaba justificar.

– ¿Ves? ¿Cuántas cosas han sido temporales y aún no se terminan? Sí, para el bien de todos, dicen.

La catarsis era seguida de un respirar profundo, estirar la mano, tomar las velas, acomodar los pabilos, repartirlas entre Luhas y Soledad, repetir el «es hora de dormir», acostarse, soplar para apagar el fuego y cerrar los ojos.

Luhas no comprendía las quejas de su padre. Cuando intentaba, llegaba a la misma conclusión.

– Siempre ha sido así. – Pensaba – Nuestro dirigente dice que es bien para todos y que es temporal, que se vienen tiempos mejores para todos y que esto es un sacrificio que tenemos que hacer entre todos. No hay motivo para quejarse. – Su lógica era infalible.

Esta vez no escuchó quejas, ni la orden de acostarse. Oscar había tomado el turno de jornada-total en la megafábrica y no volvería hasta el fin de semana. Fue su madre la que emitió el comando.

Luhas guardó el libro y sus notas debajo de la almohada. Esa noche su cabeza no lo dejaría en paz. Necesitaba que ya sea mañana. Tenía que mostrarle a Carla todo lo que había conseguido. Algunos minutos más tarde, la batalla cerebral menguó y se durmió, aunque mudaría la excitación a sus sueños.

La campana marcó la largada de otro día de monotonía para los estudiantes. Los zapatos de plomo, los cánticos, el recitar, los fideos, las filas. Solo Luhas distorsionaba esa postal de días pasados, sentado en el último banco, repasando sus notas, ejercitando el discurso de apertura que sustentaría su trabajo e imaginando como Carla le regalaría una sonrisa y tomaría sus manos en señal de amor absoluto al haber superado la prueba.

Sería en el segundo corte. Se movería sin ser notado entre el grupo de estudiantes. Ella lo vería a la distancia y sabría que lo había logrado. Para entonces ya sabría que los dos serían uno. El mundo alrededor desaparecería y solo serían ellos. Le mostraría las notas. Su mano rosaría la de ella y una chispa se movería entre las dos. Ese segundo se repetiría por siempre. El volvería a entregarle las notas. Ella las tomaría y la chispa saltaría.

– Debemos acatar las órdenes de los supervisores – Saltó hacia la realidad para repetir la lección.

La campana sonó. El segundo corte había llegado. Escondió las notas entre la ropa y salió buscar su fantasía.

Carla no aparecía. Recorrió el salón de punta a punta. Por más que intentaba parecer normal, dejándose llevar por la marea, podía sentir el calor de las miradas. Con disimulo miraba por sobre su hombro y entendía que a nadie le importaba lo que estuviese haciendo, como a nadie le importaba lo que pasase en ese lugar.

– ¿Qué haces dando vueltas solo? – Lo sujetaron por el hombro. Lo habían descubierto.

– ¡Eh! ¡Nada! – La garganta se le llenó de arena – No doy vueltas – Al borde del colapso, giró y el color le volvió a la cara.

– ¡Bueno! Algo estás haciendo. Te vi dar como tres vueltas, mirando para todos lados – Jhonny estaba acompañado de Carlos.

– ¿Qué pasa acá? ¿Reunión de trabajadores manuales? – Carla irrumpió. – ¿Y, pudiste con la tarea? – Bastardeó la chispa, el roce de manos.

– Sí… sí – Miró para los lados buscando emitir un mensaje cifrado.

– ¡Bueno! ¿Lo trajiste? – No era la Carla de sus fantasías.

– ¿Ahora? – Moviendo los ojos hacia Jhonny y Carlos – ¿Aquí? – Ahora miraba a la masa en movimiento.

– ¡Sí! ¿Crees que a alguien le importa? – Devastó todo.

Luhas sacó las notas y se las entregó. La última oportunidad para que el golpe eléctrico sucediera se disipó. Él había tomado las hojas por un extremo, y ella hizo lo mismo.

– Las leo y te diré como te fue – Con las notas en la mano, se sumergió entre los alumnos y desapareció.

– ¡Ja ja ja! Que cara de estúpido. – Jhonny golpeaba confidente, con el codo, a Carlos – ¿A vos también te hizo lo de los libritos?

– ¿No soy el único?

– ¿El único? ¿Vés? Y este se cree inteligente. No, se lo hace a todos, y solo los estúpidos le siguen el juego. – Se lustró las uñas en su ropa. – A mí me quiso hacer lo mismo, pero yo no soy estúpido.

La campana volvió a llamar y el gentío se ordenó. Mientras caminaba, Luhas no pudo dejar de pensar que había pasado "No soy el único", "¿Por qué hace eso?", "Ella es mía. ¿Por qué me hace eso?".

Con Noviembre en el horizonte, todo se concentraba en los futuros ciudadanos. Ya nada nuevo necesitaban aprender. Ya estaban listos para ser parte del todo.

Para Luhas no era la primera vez que asistía al desfile de condecoración. Filas, colores, discursos, sonrisas, aplausos, royos de papel que pasaban de mano en mano. Todos debían estar allí, todos debían aplaudir, todos escuchaban la voz del dirigente.

– ¡Te apuesto a que nuestro dirigente me mira directo a los ojos! – Jhonny no podía contener la excitación. Para él era diferente. Ya no le tocaba mirar, ahora tenían que mirarlo a él.

– Siempre es el mismo mensaje. Las mismas imágenes – Prefirió no mirar directo a los ojos de Jhonny para no quitarle la ilusión.

– ¡Claro que es diferente! Yo recuerdo bien todos los otros. – La sonrisa no menguaba. – ¿Ves? Hay que estar contentos – Lo agarró por los hombros y lo sacudió.

El gran salón había cambiado. Al frente, un escenario, atril, escudos y banderas. Delante de este, un grupo de micóticos asientos mullidos destinados a funcionarios varios. Una cinta separaba esta última zona de la seguida por los alumnos, de pie. Por último los padres de los nuevos ciudadanos.

– ¡Esperemos un poco más! – Comentó la directora a una de las profesoras junto a ella. – ¡Ya van a venir! – Miró el reloj, al público, la puerta al final de la galería y nuevamente el reloj.

Los ventiladores de techo arremolinaban los vahos del gentío, haciendo recircular el olor agrio, golpeando a las narices que atinaban a defenderse con espasmos, queriendo esquivar la química maloliente.

– Disculpe uste' – Alguien le tocaba el hombro – ¿Faltará mucho para iniciar?

Al girar, la cara transpirada, el sendero de mugre dejado por el recorrido del alcalino líquido, y el mismo calor expelido por la cercanía del cuerpo hizo que reaccionara con asco. – ¡Aun no! – Retrocedió un paso – ¡Vaya para allí! – Señaló agitando la mano – ¡Uste' no puede estar aquí!

– ¿Podríamos usar las sillas del frente? Es que hay mucha gente mayor que no se siente bien.

– ¡No! Esas son para funcionarios… que ya vienen… cuando vengan iniciamos… que salgan afuera a tomar aire… o no hubieran venido. – Le dio la espalda.

El lobotomizado ser quedó mirando el vacío; bajó del escenario y se perdió en la multitud sin emitir objeciones, ni pensamientos.

El reloj se estiró otros cuarenta y cinco minutos más. El leve ruido blanco generado por los expectantes espectadores había alcanzado decibeles dolorosos. Cada voz competía con las otras, al intentar ser escuchada, secando gargantas en el proceso. Algunos solo asentían con la cabeza a cualquier movimiento de mandíbulas por parte de su interlocutor, otros, recibían gargajos catapultados por los cuellos rojos, con venas hinchadas, en ese esfuerzo para que su sonido prevalezca.

– ¡No van a venir! – Reconoció, finalmente, la directora. – Mejor iniciemos.

Se dirigió hacia el atril, acomodó los papeles del discurso, miró hacía la primer fila, vacía, y carraspeó en el micrófono, «¡Por favor! Silencio», lo intentó una vez más «¡Silencio!». El ruido se fue transformando en murmullo y finalmente solo quedó el zumbido en los oídos, residuo del castigo auditivo.

– Damos por iniciado este solemne acto – Leyó – donde nuestros jóvenes pasan a formar parte activa de la sociedad, de dar lo que se les ha dado. Debemos agradecer a las gestiones de nuestro dirigente, que por medio de las autoridades, aquí presentes – Leyó – se hace todo esto posible. Y a continuación unas palabras de nuestro dirigente.

Mientras el lienzo usado como pantalla bajaba, Jhonny golpeó con el codo a Luhas y repitiendo «¡Mira!», «¡Ahora ves!». La imagen se proyectó fuera de cuadro; alguien acomodó el proyector. Un pitido agudísimo taladró los tímpanos; alguien presionó unos botones y el pitido desapareció.

– ¡Mis queridos nuevos ciudadanos! – Morallen parecía que extendía sus manos fuera del lienzo, queriendo abrazarlos a todos. – Deben sentirse honrados, hoy, al pasar a ser un ciudadano completo, pudiendo dar lo que se les ha dado. Porque el esfuerzo, entusiasmo, inteligencia y energías que nosotros hemos invertido para que ustedes puedan tener todo lo que han tenido, lo hemos hecho pensando en el beneficio de ustedes, de todos. Nuestra gestión lo ha hecho posible.

El discurso de Morallen se prolongó por otros treinta minutos. Se enumeraron cada una de las responsabilidades del ciudadano, se repitió varias veces sobre cuanto había hecho Morallen y sus funcionarios por la educación y por ellos, que sin ellos no hubieran podido tener lo que habían obtenido y como se debía retribuir. A la mitad del discurso, una vieja, no soportó más estar parada y se desmayó, haciendo que el gentío a su alrededor se alborotara. Algunos gritos de pánico por parte de unas mujeres incapacitadas para la ayuda, otros gritos cargados con «¡Agua! Denle agua» y «¡Aire! Necesita aire», opacaron el discurso, pero una ágil movida de la directora por medio del micrófono puso rápida solución al conflicto.

– ¡Más respeto hacia nuestro dirigente! ¿Para que traen a una persona mayor si va a causar tanto alboroto? Saquen a la señora para afuera. – Con la vieja fuera del salón, la cinta continuó y el discurso pudo ser apreciado en su totalidad.

El discurso llegó a su fin, la directora salió del sopor, se paró y miró el reloj. – Está de más decir que agradecemos estas palabras de nuestro dirigente y espero que las hayan disfrutado tanto como yo. – Retuvo un bostezo – Lamento informarlos que se nos ha pasado algo la hora, y por la salud de los que están parados, tendremos que dar por concluido este acto. Les pediré entonces que los nuevos ciudadanos pasen a buscar sus diplomas a partir de mañana. – Hizo una seña hacia una de las profesoras y esta se apresuró a meter todos los tubitos de papel enrollados en una bolsa.

Mientras la turba se apretujaba en la puerta de salida, Jhonny alcanzó a Luhas; su cara era augurio de noticias.

– ¿Ves? ¡Te dije! Este mensaje iba a ser diferente.

– Pero si fue el mismo de siempre – Contestó contrariado.

– No, fue diferente. No escuchaste porque justo se desmayó esa vieja, pero ahí Morallen habló de nosotros. Seguro mirabas a la vieja. Yo no, yo miraba la pantalla y escuché muy bien. – Los ojos estaban llenos de emoción, había mucho más que contar – Y mis padres me han contado una cosa, se enteraron recién. A principios de enero ingreso como operador en la megafábrica del distrito veintidós. ¿Ahí es donde trabaja tu padre?

Transcurría la tercera semana de conflicto y no había visos de solución. La megafábrica había sido tomada por dos mil operarios que reclamaban todo tipo de beneficios. Al principio, el reclamo se había realizado por medio de varios grupos de representantes, pero todo estalló cuando los operadores se enteraron que los supervisores obtendrían una hora libre adicional si lograban que acortaran a quince los treinta minutos destinados a la comida, y estiraran la jornada laboral una hora más los domingos.

Todo comenzó en el galpón 2B, usado, por su capacidad, para anunciar eventos en la megafábrica. Atestado, todos querían escuchar las novedades, lo que sus representantes habían conseguido tras las demandas. Fuera del galpón, los altavoces sonaban robóticos. El silencio de los obreros se podía sentir, denso, reverberante.

Un grupo de supervisores, que habían estado dialogando en la sala de control del primer piso, con una gran sonrisa y ademanes amistosos se dirigía a los operarios de la planta baja.

– ¡Amigos! – Usaban pausas largas entre palabras – Ustedes saben que la situación no está para problemas. Hemos visto que la producción de estos meses ha bajado, y mucho. ¿No sería mejor que piensen en sus familias? ¿Y si pierden el trabajo por esta tontería? – Sus gestos eran los de un padre aleccionando a su hijo.

– ¡Queremos lo que nos corresponde! – Gritó una voz anónima que retumbó en la estructura metálica del galpón.

– ¡Pero señores, seamos sensatos! ¿Cuántas veces hemos tenido que cubrir sus faltas? ¿Y la baja de producción? – Ninguno de los miles presentes recordaba bajas de producción, por el contrario, las horas ausentes en los hogares para dedicarlas a la megafábrica daban cuenta de lo contrario, aunque el remordimiento de esas pequeñas faltas; volver cinco minutos más tarde después de la comida, quedarse dormido en el turno después de dieciocho horas seguidas de trabajo, o el haber sacado agua fría destinada a los supervisores; jugaban de contrapeso.

Oscar se encontraba en primera fila, a su lado Jhonny. Ambos miraban sin emoción, con caras de haber pasado días sin dormir, pensando en cuando terminaría todo, cuando podrían descansar.

Sin previo aviso, se escucharon unos gritos de furia y cientos de personas cercanas a la escalera se agitaron

– ¡Traidores! ¡Traicioneros! – El grupo de supervisores reaccionó con espanto. Algunos intentaron guarecerse en la sala de control, otros atinaron a correr en dirección opuesta de un grupo de operarios que ya había subido hasta el primer piso. No pudieron llegar muy lejos. La horda rompió los vidrios de la sala de control y sacaron de los pelos a los supervisores mientras los golpeaban. Uno de los que había intentado huir fue alcanzado y en el frenesí, lo arrojaron desde el primer piso. El golpe seco caldeó más a los operarios y otros cientos se sumaron al disturbio rompiendo todo a su paso. Se escuchó una sirena y un grupo de policías con bastones entraron en la escena golpeando ciegamente las cabezas de todo aquel que tuvieran a distancia. No calcularon el número y fueron sometidos de inmediato.

Un grupo se movió hacia la puerta principal de la megafábrica y bloqueó las puertas con restos de maderas y herramientas punzantes. Afuera, las sirenas se sumaban y con ellas los policías. Se escuchó un disparo. Los operadores caminaban en cuatro patas. Un megáfono en mal estado intentaba disuadir a los protestantes. Otro disparo y con este volaron algunas piedras que impactaron en el parabrisas de un vehículo policial.

La tensión duró unas horas hasta que las piedras dejaron de volar y los disparos de oírse, aunque la megafábrica seguiría tomada y los policías apostados fuera.

El galpón 2B se había vaciado y solo se arremolinaban algunos papeles. Oscar, sentado en el piso, con las manos en la cabeza, intentaba digerir lo sucedido, «La situación siempre ha sido mala pero ¿Llegar a esto?», se repetía una vez y otra vez para sí, «Al final, siempre hemos tenido trabajo. Eso no nos ha faltado», «¿Qué va a pensar Soledad? ¿Qué va a pensar nuestro dirigente?». Unos sollozos lo distrajeron. Se levantó y caminó hacia unas cajas. Miró por encima y vio a un muchacho que lloraba desconsolado. Reconoció a Jhonny al instante, pero algo había cambiado; miedo, muerte, soledad: había madurado.

– ¡Jhonny! Ya pasó todo.

Jhonny sacó la cabeza de entre las piernas, miró a Oscar y estiró los brazos, como un bebé, intentando asirse a algo que le de soporte. Oscar lo abrazó y vio en él a Luhas, indefenso, su hijo, su bebé.

– Ya pasó todo. ¿Ves? – El dolor en la garganta entrecortó sus palabras, y lo abrazó fuerte mientras se ponías de pie.

Durante la cuarta semana se había corrido el rumor entre los operadores que las tierras utilizadas para la construcción de la megafábrica, cedidas por el asentamiento veintidós, habían sido tomadas por la fuerza, y los habitantes del asentamiento nunca recibieron otras tierras a cambio y tampoco habías podido acceder a puestos en la megafábrica. Se decía que unos papeles guardados en una caja fuerte de un ejecutivo mostraban, además, que en la expulsión de los asentados, se habían producido alrededor de doscientas muertes aunque, aclaraba, estaba dentro de los parámetros aceptables.

La siguiente semana transcurrió sin sobre saltos. Se habían producido algunas «deserciones». Un grupo de operarios habían estado teniendo reuniones clandestinas en uno de los almacenes y decidieron que morir por una causa injusta era tan lamentable como morir por una justa, y que ellos, por lo tanto, preferían no morir por ninguna de las dos. En la oscuridad de la noche, trescientas personas saltaron las vallas que rodeaban el predio de la megafábrica y huyeron. Con el tiempo se darían cuenta que no importaba cuanto corrieran, la muerte igual les daría caza.

Era viernes y se hacía el cambio de guarda. Un grueso relevo tomaba las tareas de vigilar el perímetro principal de la megafábrica. Del otro lado, funcionarios, policías y ejército planeaban.

Durante el tiempo que llevaba paralizada la megafábrica se intentó llegar a un acuerdo. Algunas infructuosas comunicaciones telefónicas aisladas. Las exigencias de los dos bandos siempre terminaban en acusaciones e insultos. A pesar del tiempo y que las negociaciones no prosperaban, ninguno de los amotinados sentía preocupación alguna. Una instalación como esa contaba con grandes cantidades de comida, que a diferencia de las insignificantes raciones diarias, esta vez sus platos rebosaban.

Oscar le acercó el plato a Jhonny, se disponían a comer en la mesa larga junto a otros trabajadores. En ese momento se escuchó un chasquido, lejano. Solo él entendió y pudo anticipar el resultado. Cerró los ojos, bajó la cuchara y respiró con profundidad. Uno de los tragaluces se rompió y con un zumbido, marcando su trayectoria con una estela de humo, una granada lacrimógena cayó en medio de la mesa, luego otra, y otra más. Los chasquidos se transformaron en ráfagas de detonaciones. Un grupo con armaduras negras rompió las puestas y disparó sin mediar advertencia. Oscar se tiró al piso, revoleó los ojos intentando encontrar a Jhonny. A la misma altura, en el piso, Jhonny le devolvía la mirada, fija, helada. Otra ráfaga de disparos y un cuerpo se desplomó sobre Jhonny. Los ojos siguieron mirando a Oscar, sin inmutarse.

Arrastrándose, se guareció detrás del mostrador de las viandas. Las botas chirrearon. Un ruido de metales ansiosos de salir volando, y el clic de los gatillos. Otra ráfaga de balas impactaron contra los cuerpos agonizantes. Oscar se tapó los oídos, cerró los ojos y esperó su turno, «En cualquier momento me van a encontrar».

– Es nuestro deber comunicarle a todos los ciudadanos que nuestro dirigente, en un acto solemne, ha enviado un grupo de control ciudadano para dialogar con los representantes que mantienen la toma en la megafábrica. – El mensaje brillaba en las pantallas. Afuera, camiones equipados con ensordecedores parlantes repetían el mensaje.

– ¿Ves? Ahora todo se soluciona. – Las palabras de Ingrid sonaron distantes en la cabeza de Soledad.

Durante las últimas semanas, Ingrid había deambulado entre su casa y la de Soledad intentando demostrar algún tipo de compromiso familiar ante la toma de la megafábrica. Después de todo, Soledad había estado desviado, sigilosamente, una pequeña parte de los ingresos mensuales de Oscar hacia los paupérrimos bolsillos de Ingrid, y ella pretendía continuar recibiendo estos beneficios, más cuando era consciente que su belleza se había escapado con los años y cada vez le resultaba más difícil cazar una presa con dinero.

– El jefe del grupo de control ciudadano nos informa que las tratativas dentro de la megafábrica se llevan con tranquilidad y en base a lo que se esperaba. ¿Puede decirnos algo más? – Una pulcra periodista miraba con una sonrisa armada a su entrevistado.

– No tengo nada más que agregar, todo marcha como se esperaba y pronto tendremos noticias – La respuesta fría no melló en la alegría de la entrevistadora.

– Algunos testigos dicen que se escucharon disparos en el interior. ¿Esto es así? – Tras cada pregunta miraba hacia la cámara irradiando alegría.

– No, esto no es así, seguramente se deben haber confundido con algún otro ruido. Solo hemos enviado personal armado para asegurar la integridad física de los negociadores, todo marcha como se espera.

– Ya escucharon, todo marcha como se esperaba y pronto tendremos una solución. La megafábrica seguramente volverá a funcionar en breve.

Un turbulento sonido saturó los parlantes del televisor. El pelo de la periodista se sacudió con fuerza. Y la señal televisiva desapareció. Afuera, los camiones ayudaron a propagar el ruido. Soledad corrió hacia la calle y se paralizó al llegar al cordón de la vereda. Ingrid, que venía detrás, chocó contra la inerte Soledad. Las dos se llevaron las manos a la boca, intentado ahogar un alarido.

Decenas se fueron sumando en las calles, mirando con la misma expresión. Ojos grandes y abiertos, mandíbulas desencajadas, gritos de horror suprimidos. Sobre la zona de la megafábrica crecía una inmensa nube negra.

Soledad dejó de escuchar el zumbido que provocaban los agudos de los parlantes en los camiones. En ese preciso instante el tiempo dejó de existir. Miró hacia los costados, buscando unos ojos a los que aferrarse, que le dijeran que nada era real, pero solo había vacío, miradas huecas.

– ¿Qué pasa? – El tiempo volvía a la vida lentamente. – ¡Digan que pasa! – Un grupo se agolpaba contra uno de los camiones. Puños cerrados golpeando la lata oxidada.

– ¡No tienen derecho a hacer esto! – Escupió un atemorizado funcionario que se acurrucaba contra el asiento delantero del camión escudándose tras unos papeles. La puerta se abrió y un par de manos lo tomaron del cuello arrastrándolo fuera. Un par de zamarreos al grito de «¡Hable! ¿Qué pasa?» hicieron que golpeara la cabeza contra el lateral del camión. El silencio del funcionario caldeó más los ánimos y otro par de manos lo tomaron por el torso. Un chillido espantoso proveniente del funcionario dejó a la turba estupefacta, incapaz de comprender semejante reacción. El sobresalto hizo que el animal herido se zafara de las garras de sus captores y cayera al piso. Enroscado en el piso lloró y chilló agónicamente, propinándole patadas a cualquiera que se le acercara.

Soledad miraba la escena con indiferencia. No podía canalizar enojo, solo podía pensar en Oscar. Los parlantes se acoplaron, un sonido agudísimo frunció el ceño de los manifestantes más próximos al camión, «Nuestro dirigente les pide calma. Vuelvan a sus hogares. Les mantendremos informados.», y como robots controlados a distancia, con la velocidad en que la manifestación se había formado, se disolvió. El funcionario se levantó del piso, se sacudió la tierra de sus ropas y subió al camión. Ingrid tomó por el hombro a Soledad pronunciando un simple «¡Vamos!» y la arrastró hacia dentro de la casa.

TERCERA PARTE

El televisor mostraba un viejo programa de economía para el ciudadano. El valor de la responsabilidad individual y el compromiso hacia el estado. La importancia del trabajo sacrificado y el gozo del dolor al final de una jornada productiva.

La marquesina al pie de la pantalla había informado sobre un anuncio que daría Morallen a las dos en punto para tranquilizar a la población e informar, en persona, sobre lo ocurrido.

Soledad intercambiaba la mirada entre el televisor y el reloj de pared. Estaba segura que el reloj no funcionaba correctamente. Hubiese jurado que el segundero tardaba una fracción más de segundo en reaccionar cada vez que le clavaba la mirada. También se le ocurrió la posibilidad que el tiempo se movía solo cuando miraba el reloj, y en los instantes que miraba la pantalla, todo quedaba estancado.

– Interrumpimos este magnífico programa creado por la secretaría de educación ciudadana para mostrarles un mensaje de nuestro dirigente Morallen – Como en todos los mensajes televisados, un funcionario realizaba una breve introducción y daba paso a Morallen con su discurso.

– ¡Ciudadanos! – Morallen inició el discurso. Soledad se fijó en los rasgos de su cara. La preocupación le moldeaba el rostro. – Como saben, en las últimas semanas, los ciudadanos que arduamente trabajan en la megafábrica, que con mucho esfuerzo pudimos instalar en la zona del asentamiento veintidós, habían tomado ésta a modo de protesta y reclamo. No sin ser justo este reclamo. – Hizo una pausa, y dio vueltas la página – Aun no sabemos las causas exactas. Solo sabemos que en plena mesa de discusiones, una aparente falla en la estructura provocó una explosión, dañando gran parte de la megafábrica. – Dejó el papel sobre el fastuoso escritorio y miró hacia la cámara, buscando hacer contacto visual directo con el que estuviese del otro lado. – ¡Desde la dirigencia estamos haciendo todo para rescatar a las víctimas! ¡Yo estoy haciendo todo lo posible!

Soledad estaba recostada cuando abrió los ojos. Tardó en enfocar. Arriba, Ingrid sacudía un trapo mientras Luhas sostenía su cabeza.

– ¿Qué… qué pasó? – Tartamudeó.

– Desmayo… desmayo – Respondió Ingrid, mientras le hacía beber una preparación.

Sentada en el piso señaló la pantalla mientras miraba a Ingrid, suplicante. El movimiento de cabeza, las cejas arqueadas y los ojos vidriosos le respondieron: Nada.

Sentados frente al televisor. Soledad con un vaso en la mano bebía el líquido de a pequeños sorbos, pálida. Ingrid cambiaba incesantemente entre los cuatro canales que captaba el televisor en busca de noticias. Luhas miraba desde un rincón de la habitación.

– …sión en la me… – Con un movimiento espasmódico la mano de Soledad agarró el brazo de Ingrid, y esta retrocedió los canales – … como ciudadanos responsables y gracias al esfuerzo de nuestro dirigente repetimos: El fuego resultado de la explosión ha sido controlado. Luego comenzarán con el quitado de escombros y la búsqueda y rescate de los operarios atrapados. – La presentadora hizo una pausa, apartó el micrófono y, mirando a alguien fuera de la visión de la cámara, movió los labios de forma que Ingrid y Soledad no pudieron descifrar. Tomó un papel y continuó mientras lo leía. – Nos informan que, gracias a las diligencias de los funcionarios asignados en el análisis de lo sucedido en la megafábrica, existen indicios que apuntarían hacia una explosión intencional, aunque aún se sigue investigando.
Movía las manos con gran velocidad. Estiraba los dedos. Se acercaba a la cámara y miraba fijamente al espectador, invadiendo su espacio. Se hubiese sentido su aliento si no fuese por la barrera virtual de la pantalla. – Yo puedo verlo. Solo yo tengo el poder.

Pueden consultarme, yo estoy conectado, yo tengo la energía para ver lo que pasa y lo que va a pasar.

El tercer día desde la explosión. Unos cien voluntarios se mantenían en el sitio removiendo hierros doblados y escombros. Los rumores de un atentado habían pasado de una suposición probable a una realidad posible y las especulaciones de que pudiera haber sido el material usado para generar semejante explosión se apoderaba de todos los programas televisados.

El conductor del programa agitó más la euforia de su invitado – ¿Y usted cree que encontrarán algún sobreviviente? Porque recordemos que son más de cinco mil los trabajadores que se encontraban realizando la protesta.

– ¡Yo los puedo ver! ¡Los siento! Pero hay interferencia… mucha – Se presionó la sien con la punta de los dedos – Por eso invito a los familiares, todos los interesados, a que me visiten este fin de semana, que estaré dando consultas personalizadas.

– ¡Muchas gracias! Y ya sabe, si usted quiere saber visite… – Ingrid, invadida de lucidez lanzó «¿Ves? ¡Ahí tenemos que ir, él nos va a ayudar!» y Soledad dejo ver esperanza en su rostro, «¡Por fin alguien que nos va a ayudar!», concluyó.

Si se hubiese podido hacer una escala de pobreza, ese sería uno de los barrios más pobres. Una casa de barro descascarada a medio terminar. La calle de tierra empolvaba las botas de Soledad. Ella sostenía un diminuto papel. Miró el cartel colgado en la puerta, miró el papel. Por un momento dudó en golpear la puerta. Respiró, casi un suspiro, y llamó. La puerta se abrió solo un poco y una nariz se asomó.

– ¿Si? – Preguntó la nariz.

– S… Soledad. Vengo a una consulta con el vidente.

La nariz se ocultó y la puerta se cerró con un golpe. Se escuchó un ruido de una cadena que destrabó la puerta. Cuando la puerta finalmente se abrió una cara avejentada se unió a la nariz y con un cabeceo invitó a Soledad a entrar.

– ¡Siéntese ahí! – Le ordenó la mujer – Ya la atiende.

Al ver la silla, Soledad prefirió quedarse de pie. Buscó un rincón que no le contagiase una enfermedad mortal con solo tocar las paredes. Se encogió de brazos y esperó.

Cuando las piernas comenzaban a fallarle y la silla se tornaba una placentera posibilidad la mujer de la nariz prominente se manifestó.

– Ya la atiende… ¡Eh! … – Miró para un costado evitando todo contacto visual – son veinticinco.

– ¿Cómo? – Una mano en el pecho y los ojos bien abiertos. La propuesta era inesperada.

– Esa es la tarifa para estos casos… ¿Uste' viene por lo de la explosión? – Soledad asintió – Mire, viene mucha gente y el tiempo del doctor no está para ser tirado… ¡Si no puede, vuelva cuando pueda!

Soledad estaba desesperada. Las secretarías abiertas por el estado para obtener información permanecían cerradas casi todo el día o, sus funcionarios, aseguraban que estaban prontos a recibir información y que le avisarían si sabían algo, «¡Que no se preocupe! Vuelva a su casa. Le enviaremos un funcionario con cualquier información», le repetían.

Resignada, tomó su diminuto monedero. Sacó un royo de billetes y contó, uno por uno, lentamente, cada papel. «Esto es lo último que queda», pensó, y se imaginó a Luhas, a Ingrid, y a ella misma, sentados alrededor de la mesa, flacos, casi invisibles, inertes, «Seguro que él nos va a ayudar», la voz de Ingrid repiqueteó en sus pensamientos.

Le alcanzó los papeles arrugados a la mujer que se los arrancó ferozmente de su mano. La vieja miró de reojo a Soledad mientras contó el dinero, «Uno… dos… tres», lamió el pulgar, «… cuatro…

cinco…». – ¡Bien! Ahora la atiende – Mientras lo decía volvió a desaparecer.

La puerta de la pared del fondo se abrió y se asomó el personaje de la televisión: El vidente.

– Venga… confié Soledad… pase – Por un momento quedó petrificada, no podía moverse, «¡Sabe mi nombre!» – ¡Venga!

Las piernas se movieron y caminó hacia la figura. Por un momento pensó que flotaba. Al cruzar el umbral de la puerta se estremeció y volvió a paralizarse. Su anfitrión ayudó a que lo cruzara de un tirón.

– ¡Siéntese Soledad! – Una pequeña mesa redonda en el centro de la salita los separaba – Puede llamarme doctor Hurtado… pero no diga nada, yo puedo verlo todo, estoy conectado con la energía. – El aire viciado y la tenue iluminación generaban una atmósfera irreal. – ¡Uste' quiere saber lo de la megafábrica!

Los ojos asombrados de Soledad respondieron tajantes: Sí.

– ¡Veo, sí, veo!… una persona… joven – Hurtado había cerrado los ojos, tirado su cabeza hacía atrás y estirado los brazos casi tocando a Soledad. – ¿Alguien que uste' quiere?

– Bueno, sí… ¿Pero joven? – Había duda en la voz de Soledad.

– No… no me diga nada… – Cortó Hurtado. – Hay un hombre… cercano a uste' – Soledad asintió sin notarlo – Su esposo, él trabajaba en la megafábrica cuando pasó la explosión… pero veo alguien joven… puede ser un amigo, alguien cercano a su esposo.

– ¿Jhonny? – Preguntó mientras se inclinaba con interés.

– ¡Sí! – Hurtado la miró fijamente. No parpadeó. – Los dos… veo a los dos. – Soledad apretó los dientes y las manos – Los dos están bien.

La alegría desbordó por sus ojos hasta convertirse en lágrimas. La tensión contenida rompió en llanto. – Gracias doctor… gracias…

¿Cómo están? ¿Se encuentran bien?

– ¡Estoy agotado! – Sentenció tajante. – No puedo ver mucho más. En todo caso podemos hacer otra cita. – Se paraba, sugiriendo el fin de la consulta, cuando Soledad lo interrumpió.

– ¡Por favor! Ya no tengo nada más, nadie me ha dicho nada, además de uste'. Necesito saber algo más – Lloraba desconsoladamente.

Hurtado la miró desde arriba. – Esto me genera un gasto de energía muy grande, yo quisiera… – Miro las manos de Soledad, en súplica – puedo hacer un esfuerzo… pero eso le costaría el valor de otra sesión… no es que yo quiera cobrarle, por mí haría solo para ayudar.

– Pero no me queda nada. Ya di todo.

– Entonces no p… – El anillo brilló entre los dedos de Soledad – ¡Bueno! Podría aceptar cualquier otra cosa… como ese anillo.

La propuesta cortó el llanto de Soledad. Miró su mano. Recorrió el dedo anular. – ¡No puedo!

– Entonces no hay mucho por hacer… pero tenga en cuenta que los lazos son más fuertes, y se puede ver más con objetos atados por el amor.

La desesperación fue más fuerte. Tomó el anillo y tiró de éste. Mientras recorría su dedo no pudo evitar pensar en que esta era la segunda vez que se lo quitaba. La primera, aquella noche que había querido pero nunca pudo desterrar de sus pensamientos. Aquella vez lo hizo por Luhas, esta vez lo haría por Oscar.

Ingrid se paseaba por el comedor con nerviosismo. Aunque lo intentaba no podía ocultar lo que parecía alegría.

Soledad la miró con desgano. Contó la velocidad de los pasos, la corta distancia, los brazos cruzados en la cintura, el peinado, el exceso de pintura en la boca y los párpados, el viejo vestido para "ocasiones especiales". «Nuevo incauto para sacarle todo lo que tiene», se dijo y sacudió la cabeza. – ¿Hay alguien nuevo? – Se le escapó.

– ¡¿Eh?! No… bueno, sí… y es todo lo que siempre he buscado, lo tiene todo…

– Dinero, eso es lo que tiene – Pensó.

– Me regaló esto. ¿Ves? – Estiró el brazo y le ofreció la muñeca. Una cadenilla plateada brillo.

– ¡Seguro es falsa! – Se dijo – ¡Es hermosa! – Le dijo.

Algo llamó la atención de Soledad y giró la cabeza hacia la pantalla.

– ¡Nuevas noticias! Siempre con lo último y lo mejor. No se mueva de donde está. Cuando volvamos se enterará de los datos más recientes sobre el atentado de la megafábrica.

Su corazón se aceleró. La sangre hinchó sus arterias. Escucho los latidos en las palmas de sus manos.

– ¿Ves? Ahora van a decir que ya está todo bien. ¿Qué te dijo el maestro? – La pregunta la sacó del trance. Soledad volvió a respirar.

– Lo que ya te dije. – No apartaba los ojos de la pantalla. La acechaba – Oscar y ese amigo de Luhas… Jhonny… están bien.

– Bueno… ahora lo dicen. Seguro van a estar algo golpeados… pero es normal… después de todo han estado una semana ahí. ¡La esperanza es lo último que se pierde! – Todo le resultó un cliché.

– ¡Hemos vuelto!… y le traemos lo último – Del otro lado siempre había felicidad. – Hemos recibido, directamente desde la cúpula dirigencial, y con la firma de Morallen incluida, la resolución última sobre el caso del atentado perpetrado a la megafábrica, y dice lo siguiente – La cara del presentador fue remplazada por texto y solo quedó su voz.

"Dirigencia del estado"

Noviembre 9

Ciudadanos, en esta hora que nos aqueja a todos, la que nos ha probocado un daño a todos con la paralización de las actividades económicas de la megafábrica del asentamiento 22, debemos agradecer a los funcionarios que, con su esfuerzo y arrojo incondicional, han podido determinar los causantes del atentado, con el resultado que ya todos sabemos.

Los nefastos delincuentes, a los que creíamos ciudadanos como cualquiera de nosotros, velando, siempre, por el bien de todos, se ha determinado que los trabajadores amotinados, habían preparado explosivos para ser detonados cuando, desde la dirigencia, enviáramos negociadores. Queriendo de esta forma, darnos una lección, burlándose de nuestras buenas intenciones.

Es por esto que se ha resuelto detener todas las acciones de rescate, ya que no pretendemos invertir una gota más de esfuerzo de ciudadanos honrados, para ayudar a los que nos han traicionado.

Hemos dispuesto, además, declarar día nacional de duelo por los funcionarios que, en su dedicación, perdieron la vida a manos de estos asesinos.

Ernest Morallén – Dirigente

Solemne con el ciudadano

– Es un día triste... pensar que un ciudadano, alguien que pudo haber sido un vecino, pueda atentar contra la dirigencia, que hace siempre todo lo que sea conveniente para todos – Ya no se respiraba felicidad del otro lado, solo seriedad circunstancial. – ¡Deplorable!

– ¡No! – El aullido desgarró todo a su paso. Soledad se arrodillaba ante el televisor, suplicante. – ¡Digan que no es verdad! – Le ordenó pero las imágenes no le respondía. La euforia habitual de los conductores había vuelto y las carcajadas opacaban los ruegos de Soledad.

– Voy por Luhas – Fue lo único que salió de la boca de Ingrid. Abrió la puerta de la calle y se marchó.

Sin fuerza, sin aire en los pulmones, abrazada a la nada, dio su última lágrima.

La zona de la explosión estaba acordonada. Un grupo armado custodiaba el perímetro y mantenía a buena distancia a grupos de familiares que intentaban acercarse para continuar con las tareas de rescate.

La voz metálica del megáfono repetía con una cadencia monótona – ¡No se acerquen! Sean ciudadanos correctos. Aquí no hay nada para hacer. Esperen más información.

Carla, Luhas, Soledad, Ingrid. Todos estaban allí. Buscando una brecha, una esperanza.

– Esto es estúpido. No tiene sentido. – Carla mordía cara una de sus palabras. – Esto no puede ser así. Tenemos que hacer algo.

Por un instante, Luhas vio en Carla la misma actitud desafiante de Sara, la que fuese su profesora hacía ya algunos años atrás, y se sobresaltó.

– ¡Calmada!... No debemos pensar así. – Temió el mismo destino de Sara.

– ¿Cómo es posible que no quieras hacer algo? Tu padre... mi hermano... ¿Qué se puede esperar de un crío que aún le faltan unos meses para egresar?... Yo sí voy a hacer algo.

Antes de perderse entre la gente, Carla miró a Luhas, y los ojos se le llenaron de lágrimas. Algo se había roto. Luhas creyó ver decepción en los ojos de Carla.

La pantalla había vuelto a sus programas tradicionales y ya no se hablaba de la megafábrica ni de nuevos indicios o investigaciones. Las charlas cotidianas ahora incluían nombres de aquellos que en algún momento tuvieron actividades sospechosas. Posibles causantes de un atentado. Desde los que renegaban contra los camiones de anuncios que hacían su recorrido a las cinco de la mañana, hasta los que no compraban en el mercado como todos los demás. Pero los que más sospechas levantaban, eran los que habían muerto en el atentado.

Luhas y Soledad habían pasado la última semana encerrados. Ninguno tenía ánimos ni fuerzas para enfrentar las miradas los vecinos. Ingrid, después de un ataque de sentido familiar, había dado algo de dinero y comida a Soledad, que pudo conseguir después de algunas súplicas a su nuevo novio.

Soledad pelaba una manzana cuando el sonido del camión de anuncios entró por la ventana. Se había detenido prácticamente al frente de su casa.

Como de costumbre, todos salieron a escuchar las noticias.

– ¡Ciudadanos! Nuestro dirigente, teniendo en cuenta todo lo que ya hemos tenido que soportar estas últimas semanas, ha decidido iniciar un plan de reparación y vuelta a la producción de la megafábrica. – Hubo algunos vitoreos entre el público – También es necesario decir que la construcción de la megafábrica costó mucho esfuerzo y dinero, y no podemos volver a afrontar semejantes gastos... Por eso apelamos a su sentido ciudadano para que se ofrezcan como voluntarios... aquellos que realmente se sepan ciudadanos... para realizar tareas que ayuden a construir de nuevo lo que los enemigos de todos destruyeron. – Ahora se escuchaban aplausos eufóricos – Por otro lado, todas aquellas familias que alguno de sus familiares hayan estado involucrados en el atentado, estarán obligadas a presentarse como obreros con paga mínima hasta que cubran un monto a determinar equivalente a los daños provocados. De no presentarse, se los encerrará bajo la condición de traición ciudadana.

– ¡Sí! Que los traidores trabajen – Los gritos se sincronizaron y solo se escuchó una voz imposible de bloquear.

La fila le parecía infinita. Cuerpos parados uno detrás del otro, inmóviles. Algunas cabezas rompían momentáneamente con la monotonía, mirando por fuera de la línea, ansiosas.

Luhas se encontraba solo, rodeado de personas, todos iguales, todos obreros listos para el recambio. Miró las otras filas. La de mujeres, la de voluntarios, la de sobrevivientes, la de los viejos. Vio los escombros donde pudieron haber estado enterrados Jhonny y su padre.

Repasó las filas nuevamente tratando de encontrar alguien conocido, alguien que le diera consuelo, alguien con quien hablar, alguien para compartir el miedo.

Alguien se desprendió de la fila de mujeres. Nadie lo notó salvo Luhas. Forzó la vista y pensó, «¿Carla?». Levantó la mano, intentando saludar, pero no hubo respuesta. Quiso gritar «¿Carla?», pero solo pudo pronunciar la primer sílaba cuando Carla, con un movimiento de su cabeza lo interrumpió. «¿No? ¡No! ¿Qué pasa?». A su lado, también mirándolo, estaba Jana. Las dos se perdieron entre las filas y desaparecieron de su rango de visión. A pesar de que intentó buscarlas dentro de la megafábrica, no pudo encontrarlas, habían desaparecido y nadie sabría de ellas.

Un silbido pronunciado se escuchó y las filas comenzaron a moverse. Con un paso cansino, fueron ingresando a la megafábrica. Desde la caceta de entrada, un oficial de control miraba el desfile con indiferencia.

– ¡Los nuevos diríjanse al galpón dos! ¡Los nuevos diríjanse al galpón dos! – Los parlantes en taladraron los oídos de Luhas. – ¡Recojan las herramientas que se les asignen y la orden trabajo!

A medida que se acercaban a la puerta del galpón las filas se iban estrechando y como una cremallera, se mezclaban entre sí. El pánico lo abordó, «¡No voy a salir!». La respiración se le aceleró, la visión se le oscureció y las rodillas lo traicionaron. Antes de que tocara el suelo, alguien lo sostuvo, «¿Papá?». La falta de oxígeno lo confundía.

– No, no soy tu padre. Pero vamos, que este es solo el primer día. – La voz sonaba gentil.

– No quiero estar aquí… yo… yo estaba por egresar de ciudadano. – Se desahogó.

Una cándida sonrisa se dejó ver entre la barba del anciano y respondió – ¡Esto es ser un ciudadano!

www.ingramcontent.com/pod-product-compliance
Lightning Source LLC
Chambersburg PA
CBHW021354160726
47994CB00007B/2946